KB168492

맥놀이 2

붕어별

VOICEYE

voiceye.com

소리로 읽는 책

이 책에는 글을 읽을 수 없는 분들을 위한
점자·음성변환용코드가 양면페이지 우측 하단에 있습니다
별도의 시각장애인용 리더기 혹은 스마트폰 보이스아이 어플을 사용하여
즐거운 시 감상이 되기를 바랍니다

voiceye.com

over a wall
poetry for literary coterie
9

맥놀이 2

붕어별

2015년
맥놀이
제2집

맥놀이창작동인회

2015 ⓒ 맥놀이창작동인회

VOICEYE
voiceye.com

다시 맥놀이

　'맥놀이(beating)'는 '진동수가 다른 소리가 간섭을 일으켜 세졌다 약해졌다하는 현상'을 말합니다. 맥놀이의 울림은 시작과 동시에 어울림이 되어 여러 모양으로 커졌다 작아지기를 반복하며 성장하였습니다. 돌아보면 사라진 소리, 전보다 분명하게 커진 소리, 거친 파장들이 아름다운 울림으로 변화되었습니다.

　1년이 지났습니다. 창작동인 '맥놀이'는 2013년 3월 20일 발족하였고 이제 4월이니 여러 변화가 있는 것은 당연한 것이겠지요. 맥놀이는 시인, 작가, 화가 등이 구성원으로 예술을 사랑하는 누구에게나 참여가 가능하도록 문을 열었습니다. 하지만 많은 분들이 쉽게 다가오지 못했습니다. 그건 다른 모임과는 성격이 달랐기 때문입니다. 매월 네 번째 토요일에 모여 새로 써온 시를 두 편씩 발표하고, 그 시가 참석한 각자의 평을 받았습니다. 모임에서 칭찬을 받으면 하늘에 오른 것처럼 기쁘지만 때로는 평을 받으면서 마음이 만신창이가 되고 너덜너덜해질 때도 있습니다. 이 모든 행위가 오늘날 우리에게 큰 성장을 주었습니다.

매월 모임을 통해 발전하는 '맥놀이 창작동인'을 봅니다.
지켜봐주고 참여해주신 모두에게 머리 숙여 깊은 감사를 드
립니다.

　품평회 중에 「붕어빵은 오늘도 웃는다」는 시가 동인들에
게 울림을 주어 주제시를 같이 쓰게 되었습니다. 노란 붕어빵
팥 알갱이 같은 글이 사람들에게 따듯함을 주었으면 좋겠습
니다. 그래서 두번째 동인지는 『붕어별』입니다.
　벚꽃 떨어진 자리에 연녹색 잎이 보입니다. 꽃잎 떨어지고
나비가 날아오릅니다. 우리는 한 뼘 더 성장하였습니다. 시를
사랑하고 읽는 모두에게 만복이 가득하시길 바랍니다. 감사
합니다.

　　　　　　　　　　　　　　　　　　2015. 5. 30.
　　　　　　　　　　맥놀이창작동인회 회장 김 재 현

붕어별 ▼ 2015년 맥놀이 창작동인 2집

소리로 읽는 책
이 책에는 글을 읽을 수 없는 분들을 위한
점자·음성변환용코드가 양면페이지 우측 하단에 있습니다
별도의 시각장애인용 리더기 혹은 스마트폰 보이스아이 어플을 사용하여
즐거운 시 감상이 되기를 바랍니다
voiceye.com

웃음을 잃어가는 순간
모든 것들이 멈춘 듯 했다
가치를 잃어가는 순간
사람과 사람이
서로를 믿지 못하는 세상이 되었다
1000원의 행복을 꿈꾸는 어부의 하루
그 삶속에 내가 찾을 수있는 것들은
무엇이 있을까?
난 결혼 못한 40살 총각이다
결혼 못한 불효, 죄
가지고 싶은 가정이란 욕망을
1000원짜리 한 장으로
세 마리의 붕어빵에 담아 본다

주체시

붕어빵

최민수
김재현
엄순미
전용숙
송동현

VOICEYE
voiceye.com
KOR

붕어빵은 오늘도 웃는다

최 민 수

차가운 바람이 옷소매를 끌고 들어간 수족관 좌우로 정렬 복창하며 오와 열을 맞춘 병정놀이가 한참이다 입가에는 잃지 않는 웃음으로 그들은 나를 반긴다 세 마리 천원 마음씨 좋은 수족관 주인은 종이 어항에 한 마리를 더 넣어주며 잘 키워달라 부탁한다 눈인사를 끝으로 아직도 검은 심장이 뛰는 네 마리의 붕어 가슴에 품고 집으로 뛴다 첫 번째 녀석은 큰놈에게 두 번째 녀석은 일기를 쓰고 있는 작은놈에게 세 번째는 설거지를 마친 아내에게 한 마리씩 분양하며 수족관 주인이 내게 했던 그 말을 건넨다

"잘 키워주세요."

종이 어항을 펼치고 나면 아직도 나를 보며 웃는 녀석들 함께할 수 있는 꿈이 웃음이다 그래서 붕어빵은 오늘도 웃는다

붕어 팟팟팥

김재현

볼이 빵빵하게 먹고 싶어요
팟팟팥 붕어 속에 많이 넣어요
틀에서 내어 가두리에 넣고
뜨거운 붕어 손낚시 해볼래요
지느러미 붙잡고 한입 물어요
속살이 열리고 팥이 보여요
얼었던 뱃속 녹아서 따뜻해요
시린 발 동동 열 뿜는 붕어 팟팟팥
기름 묻은 두 손이 어마무시 따뜻해요
오늘도 간식은 붕어 팟팟팥

붕어별곡·2

엄 순 미

별스런 사랑이 있드냐
온몸 달구어졌다가
식으면 그만인 것을
모태를 열어준 당신 얼굴
오늘도 창백해 또 불콰해

세상 풍파 맞다가
돌처럼 굳어갈 때
사랑이여 우지 마라
그대 품지 못한 가슴
붕어별로 남으리니

후미진 골목 버려져
얄구진 비에 흩어지거든
강물 같은 빗물 헤치고
그날 만나지 못하여도
결국 바다에 이르려니

꽃고래 같은 당신과
푸른 나비도 기뻐 춤추고
꽃은 넌줄넌줄 피어오르고
사랑은 승천하여
더는 방황 없으리니

사랑아 온 맘으로
온몸으로 뜨겁게
지금 마주 보자

붕어빵 일지

전 용 숙

헐렁한 살갗이 익는다
팍팍한 팥소 속속들이 수다를 눌러 담아
회전목마 위 차례를 기다려
잔뜩 긴장한 지느러미

비늘 주름 숨어들던 한숨 한 술
꾸욱 누르면 누우렇게 드러누운
붕어의 입을 닫고
침묵의 뚜껑을 덮어

자리끼같은 하루의 말미
똑같은 돈의 가치로 팔지 않아
값싼 것은 동네 모퉁이
할미어부집 팥붕어

할 수 있는 건

송 동 현

신에게서 태어났으면
숨을 들이쉬고 내쉬고
깜빡깜빡 눈동자 굴리며
세상을 바라볼 텐데

포로롱포롱 날갯짓
하늘하늘 휘젓는 꼬리
지느러미 편린이 있지만
움직이지 않는다

노랗고 고소하게 태어났지만
꼼짝할 수 없다
인간이 만든 까만 철 주물
하얀 장갑에 들려

나를 품고 웃는다
걷는다, 뛰어간다
내가 까만 앙꼬를 품듯
예쁜 사랑을 품고

사랑이라는

밥주발에

너를 담아

아랫목에 묻어둔다

사랑아

거기서

식지 말아라

맥놀이

엄순미

성균관대학교 불어불문학과 졸업
맥놀이창작동인 부회장
제1회 개인전 〈몽심의 노래〉전 외 5회
해외부스전 3회, 단체전 다수
한국미협, 고양미협, 고양여성작가회
임진강회 회원

KOR VOICEYE
voiceye.com

회남가는 길 외 9편

엄 순 미

마음 시끄러워 누워도 편치 않을 때
구비구비 국도 지나다, 왈칵
억만년은 입 다물고 적요를 삼켰을 법
강줄기 긴 다리 아래 멈춘 듯 흐르고
누구도 뵈지 않아 하마터면
산자락도 강자락도 다 모르는 척
물비늘 사이로 내민 백골의 미소에 홀려 언뜻
휘청한 몸 강쪽으로 내디딜 뻔 하거든

전광판을 보세요
청보랏빛 고적한 침묵 속 우뚝
키 큰 그것은 천천히천천히
귓속말처럼 속삭여요

「아름다운 회남 평화의 마을에 오신 걸 환영해요
삶이 은빛 강물처럼 빛나도록 당신을 껴안아 주세요」

살아남은 자들의 조용한 마을
깃을 내린 흔적조차 없이 나란히나란히
그 다리 끝, 다시 강으로 대드는 절벽 거머쥐고
깊은 숨 온기 나누고 사는 거기, 회남에서는

오늘도 직선이 휘고 있어요

VOICEYE
voiceye.com

밥에 물을 말아 먹을 때

따순물에 잠기는 밥알
허기진 입으로 퍼넣는 일
물의 눈 감기는 일
밥의 향 물과 섞이어 내뿜는 속정에
실한 알타리김치 처억 얹으면
고춧가루 작은 꽃잎처럼
동동 떠 따라 들어가
추억 한 움큼 밥알 밑으로 잠긴다
수몰되는 아름다움이 어디 그뿐일까
지켜지지 않는 사랑의 서약처럼
뿌연 밥물 서럽기도 하여서
목울대 기어이 넘어가며 내는 소리
기막힌 곡조를 타고
위장까지 안전하게 닿으면
밥공기가 비어서 배부르다고 씨익 웃고
늘 주린 창자여
너는 또아리를 틀고
밥알을 기다려
오늘도 기다려

도토리 이야기

1.
허공에 매단 몸
제 몸 불 밝히려
바람 흔들어대도 거기
꼼짝 않고 정진수행 중

2.
무더운 여름 한철
뜨건 맘 지옥을 겪고
가고 오지 않는 바람 불러들여
자꾸 야위려는 몸에게 주니

3.
무거워라 무거워
안으로 살지는 소리
묵묵한 침묵으로 영근다
눈을 감는다 몸을 닫는다

4.
소리 없는 사랑 천지광명 되어
가을이 성큼 왔을 때
가부좌 튼 몸 풀어 의지를 버린다
낙하의 꿈 닿는 곳 거기

5.
딱, 따악 바람을 가르고
버리며 얻는 해탈의 소리
껍질을 벗는다 한겹 두겹
화석처럼 굳는 육신이여

6.
물속에서 몇 날 고약한 떫음 떨치고
말간 속살 다시 피어 버억 벅 갈리니
너, 나 우리 하나 되어
뽀얀 녹말 고스란히 내놓는다

7.
불과 물 힘찬 사랑으로 엉긴다
오랜 열망이었으리 나무를 떠날 때부터
묵이 된 너 도토리야
그 쎈 힘 막힌 혈관도 뚫는다니

8.
진리는 너의 편이구나

당신

홍시, 작은 홍등처럼
과일가게 좌판 불 밝힐 즈음
당신에게로 가는 기차를 탔지
몇 개의 간이역을 지나 멈춘
어느 역이었을까
도착역을 잃어버린 기차와
버려진 시간이 울 새도 없이
겨울이 오고

더는 갈 수 없는 철로 저쪽
너른 마당을 둔 빈집 하나
오래된 이야기들 지붕으로 얹고
겨우내 문 닫힌 채 서 있다
당신처럼

빈 들의 마른 바람만
멈춘 열차 안을 무임승차로
오르락내리락거리고

당신은 오지 않았다

대각선의 꿈에게

잠 속으로 들어간 잠
눈붙였다 떼니 잠깐
천지사방 길을 잃었다
어디가 어딘지
중요한 것은 모두
열 손가락 사이로 빠져나가고
그저 있는 것은
다시 뜬 눈

기다리는 것
오지 않는 봄이어서
그대 슬퍼 말길
세상은 온통
지우고 가야할 길 투성이
가며 가며 만나는 너머
짚고 가야 할 오랜 꿈 하나
이제 가던 중 곧 만나니

여기 조금 머무는 동안

깊은숨 내쉴

수음을 하리

대각선으로 놓인

예쁜 너에게

포물선으로 닿을

방사를 하리

VOICEYE
KOR
voiceye.com

다섯 수레로 남은 남자

살면서 아픔 여럿
바퀴 달고 굴러올 때
도서관 한 귀퉁이
야금야금
지혜 갉아먹으며
세상에 오직
혼자 있는 시간을 보냈다

땅을 딛고
하늘을 바쳐 우뚝
남자로 선 몸
어디에 쓸까
아픔 하나 달고 책 두 권
채워지지 않는 허기로 책 여섯 권
읽고 읽고 또 읽고

남아수독오거서라
다섯 수레로 남은 그
이제 어디든 간다
세상 외곽 어둠 언저리 너머
우주까지
그는 간다 거침없이
삼손 닮은 그 남자

13월 속으로 걸어가고 있다

voiceye.com KOR VOICEYE

햇살부음

유리창을 넘어 그 방에 오기까지
바로 어제의 낯빛은 아니었지

잔 꽃잎들 줄지어 그 방 가득 채우다
커다란 꽃잎 편지 한 장 써놓았을 때
부스스한 그녀 들어와 탄성을 내었지
조용히 숨죽이며 내면을 태운
빛바랜 책들의 불내음 속
오늘도 정제된 해의 입자들
스미며 내는 냄새 방 안 가득 진동하고

하늘의 전령 무릎 꿇어 전하는 설법 소리
좁은 그녀의 어깨 위에서 충분히 찰랑거렸지
하루 분량의 소포꾸러미들 스스로
제 몸 다 열고 열어 방안 구석구석 채우니
아낌없이 모두 주었구나
코끝을 덥히는 사랑의 온도
그녀의 온몸 퍼질 즘

춤추는 사랑아 사랑아

사랑아 이제 그만 열락을 거두고

어느덧 인생의 저녁이 오듯

검고 축축한 밤이 내리고

무화된 시간 벽 위에서 숨죽여 울 때

무거운 침묵 꽃잎들 다 어디로 갔을까

방안 가득 한 몸 같던 것들

스르르 그림자 지우며

부고를 전한다

VOICEYE
voiceye.com

꽃의 장례식

한 생 피었다 지는 일 뭐 그리 대수일까만 온몸의 열망 단 한 번 밀어내느라 끙끙거리는 동안 어린 벼, 연두 물결 출렁여 응원하더니, 고요한 정오 올챙이 노니는 소리도 들리더니 점점 눈 먼다 단박 귀 먼다 때를 알고 지는 꽃 정의로움을 잊은 채 줄기 끝에 말라붙어 마지막 윤회 마치노니 꼿꼿 선 채 풍장이어서 좋아라 긴 축제의 시작 저기 저어기 헛꽃들 걸어가고

꽃의 장례식
바람이 왔다

조팝꽃 연서

조팝꽃 한 솥
고슬고슬 밥 지어
그대에게 드릴게요

오월은 오고
꽃가루는 먼 여행
시작한 지 오래
여전히 기별 없는 당신께
드릴 말 있어요

아무 일 없던 듯
이대로 세월 속
묻혀지는 게
두렵고 아쉬워
마음 서늘해져요

잊지 마라
잊지 마라

당부하는 조팝꽃밥
한 그릇 퍼 올리고
지성 드려요

그대 얼른 오셔서
한 술 드시고
조팝꽃 나즈막이 전하는 말
부디 들으셔요

VOICEYE
KOR
voiceye.com

섬은

공치는 날은 비가 온다
바다에 빗물 더하는 날
빗줄기는 창살이 되고
하늘과 바다
오랜 그리움 풀어 가까워진다

품었던 삶 꼬물꼬물 펼쳐지고
내일은 배가 뜨리라
낡은 배 육지로 닻을 이어주면
섬의 자유는 안전하다

홀로이어서 좋은 섬
하루의 고된 노동 끝
공치는 날 부르는
기막힌 노래 몇 소절
섬은 술렁거린다

VOICEYE
voiceye.com

그림이 생각처럼 그려지지 않듯이
글쓰기도 연습이 필요합니다.
이제 나만의 정신세계에서
당신과 공감하는 시로
그대에게 다가갑니다.

광부

시지

봄의 전령사

2015, 5580

짝

고운누리

못

비

태평무

난

맥놀이

김재현

월간 〈스토리문학〉 동화 부문 등단
월간 〈문학세계〉 시 부문 등단
맥놀이창작동인 회장
사랑방시낭송회 회원

KOR VOICEYE

voiceye.com

광부 외 9편

김 재 현

　안으로 안으로만 들어가서 돌을 캔다 어떤 것은 나오면서
부서졌고 어떤 건 시가 되었다 한 줄의 보석을 캐내기 위해
오늘도 목숨을 걸고 갱도를 내려가는 시인

시지 試紙

바다만큼 먹을 갈고
하얀 시지를 펴고
때 묻은 붓대를 잡고

이제는 시험

컴퓨터용 수성 펜을 들고
합격자 모니터를 바라보는
수험생의 하얀 눈물

* 시지(試紙) : 과거 시험에 쓰던 종이

봄의 전령사
- 출애굽기 12장 8절

천년만년 술을 먹고 싶지만
씀바귀에도 미치지 못하는구나
아픈 것, 그리고 남은 것
오히려 불꽃, 만나
멈출 수 없어 다시 시작

2015, 5580

생선을 눈앞에 두고 겨루던
야생 고양이의 밀당
그때 그 자존심

시급 5,580원 최저임금
토막 난 조각이라도 얻으려면
그때 발톱이 필요해

머뭇거리는 사이
말라가는 생선 혓바닥을 꼬며
온몸으로 시름시름 웃어

VOICEYE
voiceye.com

짝

이리저리 다녀도
외짝으로 지내지 않았지
닮은꼴로 서로 떨어져 있어도
앞서거니 뒤서거니 제 갈 길을 가고
벗을 때는 가지런히 짝 맞춰 기다린다
시간을 걸으며 닳고 헤어지고 낡은
상처투성이 나를 본다
신발을 바라본다

고운누리
- 아름다운 세상

흐르는 강처럼 살고자
강다이강다이

노래 부르는 물고기들의
노곳떼노곳떼

물 위에 떠있는 하늘의 별
갈별갈별 머금고

참된 얼 지니고 살리
늘누리 늘참얼

* 강다이: 흐르는 강처럼 살아가라는 옛말
* 노곳떼: 노래하는 고깃떼
* 갈별: 가을 하늘의 별
* 늘누리: 언제나 누릴 수 있다는 말
* 늘참얼: 늘 변함없이 참된 얼을 지니고 살아가라는 말

못

십자가에 달린 맨발
못 하나 뽑아내니
그 자리에 구멍이 생겼다

구멍, 신 발속 비밀이다
소유욕이 구멍을 키운다
평화의 사자 상처를 기우고

비

가만히 앉아
쌓인 먼지를 바라본다
마음에 그리움 털어내는 법 몰라
가만히 앉아 바라본다

태평무

옷이 날린다
흰 옷 입은 무용수들
태평무를 춘다

손이 내린다
헤아릴 수 없이 많은
눈이 날린다

난

안 되는 거예요 쉽지 않은 거예요
편안한 미소로 보낼 수 없다는 것이
깊은 한숨을 내뱉게 하네요

눈물

흘리지 않는다고 울지 않는 건 아니죠
어떻게 해야 할까요 말라가는
오랜 기간 동거해온

난

소리만으로 느낌을 전달하던

머리 위 바람

나의 시는 어떤 느낌으로 보여질까

옷깃을 흔들어 아카시아 향을

불러다 주던 그 바람

행간에 들고 싶다

생각사용 설명서

너

향

가을 듣는 날

돌아오는 길

겨울 편지

문상

타악기

토스트

화두

맥놀이

전용숙

창조문학 신인상 등단
맥놀이창작동인회
예촌문학 동인회 회장
사랑방시낭송회 회원
시마을 회원, 한국문인협회 회원
시집 「날」

VOICEYE
voiceye.com

생각사용 설명서 외 9편

전 용 숙

생각의 징검다리 깡충대는 기억의 줄기는
밤을 타고 오르는 수면의 뿌리

견디고 견디는 일상
넓어진 생각의 또 한 줄 긋는다

행간을 더듬는 뇌간 사이사이
망가진 생각 머릿속은 응급상황

어디에 썼는지 모르는 생각생각생각
거미줄을 늘이는 설명서

너

하필 너라서 화가 나
하필 너의 목소리여서 화가 나
하필 너의 지식이 그릇된 그릇에 담겨
다른 이의 밥이 되는 게 화가 나
하필 너의 주장이 일본의 그것과
너무도 흡사해 견딜 수 없이 화가 나
하필 거대신문의 심장을 자처하던
교만의 논리가 신앙에 포장돼
거리낌 없이 거리를 활보해 화가 나

일본과 닮아 사과할 줄 모르는
너의 웃는 얼굴을 매일 보는게 정말 화가 나

향

살았을 땐 분 한번 바른 일 없는데
창을 열면 생신을 알리는 향
기억을 당기던 음력 5월
밤꽃 향기에 갇힌다

등을 타고 내리던 삶
긴 담뱃대에 꾹꾹 담아
새벽을 기다리던 음력 5월
밤엔 달도 보지 않았지

거추장스런 치맛말기
지난날을 걷어 허리끈에 질끈
미역국 없는 음력 5월
보름날 아침

그 날도 날렸을 밤꽃 향
생일마저 잊고 지났던
당신이었을지 몰라
이렇게 진한 그리움 모르고

가을 듣는 날

정지한 달력
바람이 일으킨 소리
가을 소용돌이 속으로
흩어진 날들이 어지럽다

밤새 이어진 속삭임
촉촉한 산책로
떨고 있는 새 한 마리
간밤 이야기 곱씹어 보나

갈잎새 흔드는 다양한 소리
돌 틈에 잠든 바람 한 줄기
일어나 흔들어 깨우는 가을에게
잊기 힘든 오늘을 듣다

돌아오는 길

옆구리에서 칭얼대는 어둠을 끌고
기다림을 외우길 몇 날
버스정류장을 서성이다
끝내는 달을 대신 세우고 세우고 또

약속은 늘 그 시간에만 머물러
더는 한 발짝도 움직이지 않아요
넘기지 못한 달력이 마음을 넘고
구름 넘어 서울길을 달려달려

돌아오고 돌아가는 그 길 어디쯤
내가 두고 왔을 기다림
오늘도 해거름을 붙잡고 삐죽삐죽
보고픔을 토해내고 있으려나

겨울 편지

열한 달의 질문이 삼십일 일에 걸려
빛나는 화려한 종점
해 놓은 것이 무엇이냐
아, 목이 마르게 궁하다

뭘 하러 하루를 살고
하루씩 탑을 올리려 한 걸
어쩌면 지난 1월 1일부터
잊고 살았는지 몰라

막차를 타며 막차를 탄 줄 모르고
다행이라 여기는 것은
내일 출발할 차가 있다고
늘 믿고 살기 때문이겠지

문상

몸을 낮추어 배웅하는 날
누구의 허락이 필요치 않는 여행
누구의 동행도 허락치 않는
그래서 가슴 시린 이틀 밤
무릎 저린 뉘우침에 향이 내린다

그다지 아쉬움 없다는 뭇 입담에도
영정 속 웃음에 주름 깊은 세월이 흐르고
쌓이는 봉투 위로 살아온 날들
줄을 잇고잇고 짧은 마지막
인사 눈물을 덮는다

새벽 발인 길에 뿌려지는 안~녕

타악기

혼자서 소리할 수 없는
공방에 날리는 오랜 나비떼
들숨에 갇힌 기다림

목울대를 가진 바람이 부러워
새벽 한장 뒤적이며
시간을 이었거늘

심장을 두드리는
비명조차
닫아건 빗장

나처럼 뒹구는 이 있거든
다가가 부딪혀
언젠가 소리가 되고 싶다

토스트

아침 한 입 베어문 리듬
달리는 발소리에 씹혀
빌딩 속 엘리베이터에 빨려들고

기름진 손끝에 천원 한 장
없어진 지문처럼 후줄근하게
지친 출근 시간 속을 달군다

그저 삼켜지는 세상사
헌 입 삼키는 하고 싶은 말
마지막 한 입까지 꾸울꺽

그다지 잘한 것도 잘못한 것도
없다고 중얼거리는 출근길
습관이 된 가판대 앞에 토스트

등을 피고 하루를 올리고
미생을 덮어 크으게 한 입
씹고 씹고, 토스트

화두

옷깃을 잡혀
봄에 갇히다

비릿한 바람결
나물이 봄이다

손가락 사이사이
꼼꼼하다 바람

바람불어 봄인가
봄이라 바람이 이는가

참

길다 참
길다고 좋은 것도 아닌데
끊을 수 없어 더
길다

시다 참
시다고 좋은 것도 아닌데
지울 수 없어 더
시다

맥놀이

송동현

2001년 시집 『꿈을 펼쳐!』로 작품활동 시작
맥놀이창작동인, 사랑방시낭송회 회원
북디자이너, 시창작 강사
도서출판 담장너머 대표
시집 『꿈을 펼쳐!』, 『사랑水』

2.7g 외 9편

송 동 현

40mm 더 매끈한 몸
총알처럼 날아 하얀 태풍을 만든다
둔해져 다시 만들어준 이음매(seem)
변화무쌍한 몸놀림을 만들어 준다
15.25cm 벽을 넘어 강하게 더 빠르게
돌아야 한다 둔하다는 조롱은 싫으니까
152.5cm 폭을 향한 돌격
274cm 녹색 세상에서 살아남아야 해
떨어지면 끝이다 76cm 나락
균일한 목질 탄력 있는 고무
빨갛고 검은 앞뒤 바뀌어도 아프다
걸고 깎고 맞다 부서져도
중력을 거스르며 손바닥에서 솟구친
환희 2.7g

거미 · 1

그물을 만든다
숨죽여 기다리면 세상을
집어삼킬 수 있을 거야
주인이 될 수 있을 거야
떠들어대던 화인火印

다시 푸른 나무 끝
하늘을 봐야지 반으로
자르고 가르면 세상이 아니니
이제 맥없는 그물
끊어내야지

아, 또 진다
해를 내려놔야 할 때다
소나기가 내리기 전 숨을 멈춘다
여기가 아닌가보다
이게 아닌가보다

거미·2

좌 우 또 반으로 갈라 상하
네 편 내 편 팔방을 만들고
빠져나갈 틈 없게 그물을 엮는다
컥, 하루를 더 꽈악 조인다

주먹을 펴 소나기를 기다리며
갈라놓는 경계를 허물고
집어삼킨 생의 수평선을 지운다
아, 또 해가 숨을 멈춘다

다시 봐야 한다 푸른 나무 끝

물, 잠자리

가늘고 길게 뻗은 몸
배에는 멋진 줄이 씰룩이고
부리부리한 겹눈은 무엇도 놓치지 않는다
얇고 투명한 그물 모양의 옷을 입고
온 몸을 휘감는 조명에 몸짓을 맞춘다

혼자가 싫어 잠자리를 청하지만
늘 들 수는 없다 또 청하지만 혼자이다
하늘을 향해 뾰족이 솟은 세상 끝에
외발로 서서 균형을 잡는다
심장을 두드리는 비트에 몸짓을 맞춘다

중력을 거스르는 은빛날갯짓
누구보다 행복하게 누린 하늘의 영광을
어린시절 작달막한 세상에서 휘졌던 꿈
욕망을 뭉쳐 줄을 당긴다
목숨을 건 한 시간 동안의 세대를 위한 입수

내일을 가리키는 초침 소리를 놓는다

선정적 문구 차단 중

그래, 당신이 생각하는 그 거시기야
어둠에 숨어 깊은 숨 내쉬며
돈만 주면 언제나

사고파는 갑이야
갑이 돼 봐야 알 수 있어
정신차려 친구야, 돈 그리고 힘

선정적 문구 차단 중, 알면 다쳐
2015, 아직도 닥쳐
TV

겨울, 끝이 없어
젠장할 백년이 넘어도
을이야, 갑인 줄 착각해도
지랄

침몰

바다와 하늘의 경계가 사라지는 시간
눈을 뜨고 감아도 추억이 찢어지고
거칠어지는 어둠을 마시는 호흡

셀 수 없는 밖을 향한 손짓

큰 숨 들이쉬고 나를 찾는 나를
보이는 내 눈 속에 고리빛
이리도 그리운 그림자 생기기를

꽃잎은 따지 마라

소리가 뚝뚝 떨어진다

꽃잎은 따지 마라
하늘을 향해 맘껏 뽐내고 파란 생 일구게
나비의 노란 날갯짓 모여 바람
세상을 다시 그리면

파도는 슬며시 바다로 숨을 것이다

망연 · 2

타래로 엮인 의문
바람이 만들어 놓은 한 올
팽목항 구석에 앉아 있는 시선을 따라
뭉게뭉게 새털처럼 날리는 시간들
눈에 담으려 움직이지 않는다 조금도
피어오르는 연기 하늘보다 더 깊게 가라앉는다
파고드는 삶 애써 웃을 수도 없다
뒷모습 없이 목소리조차도 들려주지 않고
자실하게 가버린 친구

땀인 척 빗물인 척 닦아도
지워지지 않는
친구
그

바람이 멈춘 날

아픔 없는 나무는 없잖아요
바람이 불어 가지가 부러지기도 하고
잎이 찢어져 고통이 파랗게 흐르기도 하고
폭풍우에 뿌리가 드러나기도 하고
그래도 버티고 기다린 나무가
그늘을 만들어 주잖아요
태양이 너무 뜨거워
가끔은 시들어도
나무잖아요
나무

가쓰라—태프트

1905년 7월, 밀약
Taft-Katsura Agreement

"일본은 필리핀에 대한 미국의 식민지 통치를 인정하며 그
대가로 미국은 일본의 조선 침략에 적극적으로 협력하고 조
선에 대한 '보호 통치'를 인정한다. 일본이 조선 정부에 을
사조약을 강요하고 1910년 조선을 완전히 점령하는 것'을 미
국은 적극 지지하였다."

아직도 군대는 독립을 못했다 안 한다, 젠장
전시작전권을 가지고 있는 갑은 따로 있다, 을을 벗어나려
작전권 이양을 약속받은 그 분은 부엉이를 밟고
흙이 되어 하늘을 날았다

너무 비싼, 2015
지금도 닥쳐 NEWS
다쳐

* 주: 가쓰라−태프트 밀약(한자: −密約, 영어: Taft−Katsura Agreement, 일본어: 桂タフト協定)은 조선을 침략하기 위해 1905년 7월 29일 미국과 일본 사이에 맺어진 비밀 조약이다. 당시, 미국 대통령 루스벨트는 1905년 7월 미국 육군 장관 태프트를 도쿄에 파견하여 일본 수상 가쓰라 다로와 비밀회담을 가지고 이 협약을 체결했다.

− 일본은 필리핀에 대한 미국의 식민지 통치를 인정하며 그 대가로 미국은 일본의 조선 침략에 적극적으로 협력하고 조선에 대한 '보호 통치'를 인정한다는 것이었다. 미국이 영일 동맹에 가담하여 극동 침략에서 미, 일, 영국이 공동 행동을 취할 것 등을 규정하였다. 이 협약에 따라 미국은 일본이 조선 정부에 을사조약을 강요하고 1910년 조선을 완전히 점령하는 것을 적극 지지하였다.

− 가쓰라−태프트 밀약은 극비에 붙여져 있다가 1925년에 세상에 알려졌다. 또한 이 밀약에 따라 미국은 조미수호통상조약을 일방적으로 파기한 것과 다름없게 되었다.

− 이 밀약과, 포츠머스 조약, 제2차 영·일 동맹을 계기로, 일본의 대한제국 침략을 세계열강들로부터 인정받게 되었다.

− (http://k.daum.net/qna/view.html?category_id=QQO013&qid=01PMv&q=%EA%B0%80%EC%93%B0%EB%9D%BC+%ED%83%9C%ED%94%84%ED%8A%B8+%EB%B0%80%EC%95%BD&srchid=NKS01PMv)

VOICEYE
voiceye.com

詩가 좋다

표현할 수 있어서 더욱 좋다
사람들의 눈에
가치를 잃어가는 사물들을 보며
마음 아팠던 그 순간
나는 그 죽어가는 모든 것들에
삶을 불어넣고 싶었다
더불어 내 삶을 정화시키고 싶었다
그래서 나는 오늘도 글을 쓴다

맥놀이
최민수

1995년 《르네상스》지로 작품활동 시작

맥놀이창작동인

방송통신대학교 국어국문학과 재학중

KOR VOICEYE

voiceye.com

3월 눈꽃 송이 외 9편

최 민 수

한 송이 눈꽃 피어난다

또 다른 세상으로 행진하는 시간
아스팔트의 박수
빌딩 창문의 수다스런 축하
바람이 놓고 간 선물
떠나보내야 하는
하늘의 눈물
하늘로부터 지상으로

3월의 눈꽃 송이

rapper조용필

무대 위의 박수
세월이 흘러 늙어갔습니다
변화되는 세상
변화되는 시간
변화되는 사물들
더 좋은 것들
더 나은 세상들
그 많은 것들에
나는 젊음을
바쳤습니다

간

하늘과 땅
눈물과 오열
가슴과 생각
지평선과 수평선
아무리 불러도
영혼 없는 빈
메아리

담배

내 입술 앞
하얀 세상 하나
불피우는 밤 찾아오면
절정으로 치닫는 기억
아쉬운 연기되어
사라지네

voiceye.com VOICEYE KOR

부서진 날들의 초상

너의 얼굴은 길바닥을
나뒹굴고 있어 온종일
너라는 이름을 외치는
일개미들의 함성을 강요하지
너는 또 다른 너에게 말하지
너에게 대적할 만한 상대가 아니라고
또 다른 너도 너에게
똑같은 말을 해
입속에 날카로운 칼 하나를 물고
서로를 찌르는 너희
의사도 쉽게 내리지 못하는
병명들을 서로에게 또 나에게 나열하지
처방전도 없는 공약들을
서로의 무릎 앞에 놓아주며
굴복을 강요하지
나는, 너와 너가 어디가 아픈지 몰라
아픈 곳이 많은 너가
스스로 물러나 주기를
바랄 뿐이지

나와 또 다른 나의 아픈 곳을 찾는다면
너는 또 다른 너와의 싸움에서
이길 수 있을 거야
그게 현실을 사는 너와 너
나와 나의 모습이니까

VOICEYE
KOR
voiceye.com

도피

왜 숨었는가
당신의 발걸음 소리에
검게 침몰한 밤이
하얗게 지나간다

철편 마루 등짐을 지고
어디로 갔는가
노란 아침의 물안개가
사라질 그때를 기다리는가

금색 테두리 속에
숨어있는 두 눈동자여
무엇을 숨기려
그렇게 도망을 쳤는가

영정사진

무엇을 위한 준비이기에
벌써 가실 준비를 하십니까
금수강산 천리길
다 돌아보시겠다더니
갑자기 바로 앉은 사진은
왜 필요하다 하십니까
사각 액자 위에 그 한 몸을
두고 가시려는 마음은
누구를 위함입니까
삼시 세끼 찾아오는 밥상이
그보다는 넓은데
세상 유랑 더 하시지
무엇에 가실 준비를
하신단 말입니까

영혼 없는 대답

됐어, 짜증 나, 꺼져

오늘도 찾아오는 빈 메아리
영혼 없는 대답

게임을 하던 아들이 엄마에게
담배를 피우던 남편이 아내에게
서류철을 들고 있는 부하 직원에게

영혼 없는 대답
오늘도 되돌아오는

꺼져, 하지 마, 나가 봐

일교차

겨울과 봄의 전쟁

사방에서 울부짖는 사투의 끝은 평화를 모른다 새롭게 피어난 꽃들은 봄의 지원군 이를 저지하는 바람은 겨울을 지지하는데 밀고 당기는 하루에 녹아드는 세상은

오늘도 말이 없다

출근하는 길

어둠에 잠들어 있던 나를 깨운다 똑 똑 똑
일어나라 귀에 노크하는 휴대폰의 알림음
게으름으로 중무장한 손가락은 어김없이 명중
몇 분이 흐르지 않아 귀를 찾는 공습 싸이렌
결국 백기들고 투항하며 화장실로 향한다
거울 앞 게슴츠레 뜬 눈에 낯선 남자 하나
아닐거야 아닐거야 나는 다른 사람을 본거야
거울은 나를 가리키며 내 자신임을 경고한다
등 떠미는 손목시계 무엇을 몸에 걸쳤는지도 모르고
지하철역 입구의 커피 자판기를 만난다
설탕 하나 프림 하나 스피커에 흘러나오는
모짜르트도 하나 잘 휘저어진 아침 한 스푼
오늘도 출근하는 길

KOR VOICEYE
voiceye.com

인지생략

Over a Wall
Poetry for literary coterie
9

2015년 맥놀이 제2집

붕어별

2015년 05월 25일 초판 1쇄 인쇄
2015년 05월 30일 초판 1쇄 펴냄

발행인 | 김재현
발행처 | 맥놀이 창작동인
카 페 | cafe.daum.net/Maengnori

펴낸이 | 송계원
디자인 | 송동현 정선
펴낸곳 | 도서출판 담장너머
등 록 | 2005년 1월 27일 제2-4102
주 소 | 100-272 서울시 중구 필동2가 84-10, 105호
전 화 | 02-2268-7680, 010-8776-7660
이메일 | overawall@hanmail.net
카 페 | cafe.daum.net/overawall

2015 ⓒ 맥놀이창작동인
ISBN 89-92392-38-9 03810
값 8,000원

* 파본은 본사나 구입하신 서점에서 교환해드립니다.

소리로 읽는 책
이 책에는 글을 읽을 수 없는 분들을 위한
점자·음성변환용코드가 양면페이지 우측 하단에 있습니다
별도의 시각장애인용 리더기 혹은 스마트폰 보이스아이 어플을 사용하여
즐거운 시 감상이 되기를 바랍니다
voiceye.com